beatriz ras

nasceu no Rio de Janeiro, em 1987. Tem graduação em Psicologia pela UERJ e pós-graduação em Saúde Mental pela UFRJ. Autora de *Rasgalume* (2019), tem poemas publicados no Brasil e na Argentina. Nove Casas é seu segundo livro.

NOVE CASAS

beatriz ras

editora Urutau
primeira edição
2022

O —

editora Urutau

avenida peirao besada, 6 – 2D
36163 poio-pontevedra
(espanha)

rua cajus, 478
jardim das cerejeiras, cotia — sp
brasil
06724-015

[+55] 11 94859 2426 [brasil]
[+34] 644 951 354 [galiza]

www.editoraurutau.com.br
contato@editoraurutau.com.br

[EDITORA]
debora ribeiro rendelli
[REVISÃO]
juliana palermo
[PROJETO GRÁFICO]
wladimir vaz
[COORDENAÇÃO GRÁFICA]
tiago fabris rendelli
[DIAGRAMAÇÃO]
victor h. azevedo
[CAPA]

dados internacionais de catalogação na publicação (CIP) de acordo com ISBD

ras, beatriz
R222n nove casas / beatriz ras. — cotia : urutau, 2022. 56 p. ; 14cm x 19,5cm.

ISBN 978-65-5900-274-0

1. literatura brasileira. 2. poesia. I. título.

CDD 869.1
2022-1555 CDU 821.134.3(81)-1

elaborado por odilio hilario moreira junior - CRB-8/9949

sumário

Dedicado a N., a O., à V., a E., a C., à A., a S., à A., a S., a N, a…

nado livre

Se quiser conhecer N.
terá que subir ao segundo andar
lá o encontrará em seu quarto
debaixo da própria cama.

Se quiser conhecer N., ele está agora encoberto
por seu estrado de madeira.
Talvez esteja sofrendo
talvez esteja tentando se proteger
talvez apenas tentando o descanso
enquanto vai, aos poucos
se misturando ao cerdo.

Antes de tudo não vivia embaixo da cama
antes vivia embaixo d'água
de praia em praia, vinte anos qual um badejo
carregando uma águia tingida de negro
no translúcido das escamas.

Mas houve a morte de seu pai.

E água e sol são Bico Aquilino
pelas membranas de sua película
arrancam ao menor toque pelo a pelo
tornam-na, pois, numa mulher
o que lhe causa muitas gargalhadas
de horror.

Foi natural se livrar das torneiras

para salvar a própria pele
deu adeus aos banhos de água
aos de espuma, de sol, de lua
ou qualquer outra limpadela já inventada
menos ao banho de gato
a procurar uma sombrinha
pra lamber em paz todo o sal
de suas feridas.

Mas ninguém gosta de ferida.

Ninguém gosta de gente ferida
ninguém suporta os peixes vivos
fora d'água

são mantidos em terríveis aquários
que comprimem os riscos
de seus horizontes.

Se ainda quiser ver N.
ele fuma seu "xigarrinho"
e tem os mesmos vincos pousados sobre o coração
há quatrocentos e cinquenta e dois dias
mas pelo menos não há mais vestígios
de tecidos arcaicos
a imobilizar seu destino.
Partilha esta casa com oito pessoas
libertas após uma rebelião difícil
e isso é muito
pra quem já esteve tempo demais
se afogando em más correntes.

ordem do comando

Um passo à frente e para:
O. chega à beira da escada
em meio aos sofás de couro sintético.
Vira seu corpo à direita.
Mais três passos adiante para:
no ladrilho F6 está ancorado um navio
entre a mesa de jantar e a TV.
Duas passadas mais ao leme
e presta continência ao meio da sala.

Segue bélico e definido ao leste
ruma preciso a noroeste
e dez marchas depois conquista seu quarto
declarando assim o fim da cozinha.

Do piso ao teto um forte erguido com jornais.
Há guimbas de cigarro
empilhadas na cabeceira

há um campo minado de cinzas
se esfarelando num quadradinho de vidro
há um sabonete
equilibrado em cima de um shampoo
e acima de tudo o farol
de uma tesoura pequena
nunca usada.

Não sou eu
explica O., é a Ordem
a Ordem do Comando.
Há mais de quarenta anos na ativa
entrou em vigor num outono
quando conversava com sua mãe
por um fio de barbante
ligado a dois copos de iogurte, e até hoje
não há um folheto de notícia
que se solte sozinho de suas prensas
nenhum vestígio de brasa
que se espalhe sozinho sobre as mantas
não há um único pensamento inteiro
nenhum mi cro pen sa men ti
nho que aí não esteja

invisível e sussurrando
a Voz que tudo sabe
e muito pede.

Só a Ordem ordena a faxina dos cantos.
Do contrário as fumaças resistem
guardadas nos pulmões da janela emperrada.

Há um Médico de plantão
vinte e quatro por sete
Ele examina os órgãos de O.:
estão puros.
Ele repete a receita
a mesma receita
que desde os nove anos de idade
não falha: fumar muito, fumar sempre
fumar sem trégua e o tanto quanto possível
para conservar a juventude.

A Ordem classifica
quem adentra seu quartel: são moradores
funcionários ou enfermeiros.
Quanto a mim sou secretária

eu tenho mais de cem anos
eu me disfarço de uma menina de doze
a desvendar o estratagema dos recibos
a auxiliar na anotação das coordenadas
para ir com O. até o mercado.

Eu anoto tudo.
Eu acato todo o Comando
eu presto continência
eu seguirei qualquer Ordem
e todos os seus passos
contanto que deixem O. seguir
para o alto e avante
em sentido
ao mercado.

vamos às uvas

Aqui está V., posando com uma alamanda
atrás da orelha
ela tem a mirada de uma mulher
que como muitas outras
tem jardins de Éden
a lhe pesar as costelas.

Em seu armário
uma caixinha de bijoux. Dentro dela dez anéis
um para cada dedo das mãos
um para cada mês até outubro
o mais vistoso é o de pedra laranja
que ela tinha sobre o dedo de julho
no dia em que me acertou um soco.

Esta é V., reluzindo entre as telhas de amianto.
Em seu quarto, perto da cama
ficava o ar condicionado

deixava-o ligado por todo o verão
ainda que decidisse ter as janelas sempre
permanentemente
abertas, a ver se escapavam por aí também
uns filetinhos de saudade
entranhados nas cortinas.

Nunca foi o bastante.

Esta aqui não é minha casa
ela me disse tantas vezes
faltavam paredes e lâmpadas azuis
queria sentir que estava no céu
queria retornar ao quarto andar e o quarto andar
foi onde permaneceu trancada
por anos e anos e anos. E anos.
Não lembro exatamente quantos anos
mas era um depósito de Lady Days
um paiol de Billie Holidays
não há retratos de V. ou quaisquer outras
frutas estranhas
arrancadas de seus pomares
e levadas pelos corvos.

Aqui está V. tempos depois, alforriada
segurando uma gravura.
De tanto em tanto desenhava um homem
dentro de uma maçã
ele tinha a boca aberta, abarrotada de dentes.
De cada dente descia uma
lágrima, de cada lágrima outra lágrima
e de cada outra lágrima
outra lágrima
ainda menor
ainda mais
ao
sul.

Aqui está V., uma mulher
que como tantas outras
também escorre pelo papel.
O quarto andar foi demolido.
Eu pensava na palavra felizmente
mas não dizia a palavra
felizmente. Dizia apenas Vamos,
este não é o quarto andar
isso aqui não é o céu

e eu não sou nenhum anjo
mas posso te mostrar um pouco
a nova vizinhança.
Prefiro estar deitada, ela respondia
deitada sem roupa e que alguém me traga à boca uvas gasolina e inseticida eu sempre fui um inseto eu sou uma barata uma barata podre um porco! um porco um porco um porco um porco um porco um porco um corpo um copo um porco um pouco um porco eu sou um bebê! um bebê pequeno de fralda enfiando bombom gamadinho pelo nariz cadê fralda bola e gasolina quero deixar os homens gamando vou me molhar na gasolina tomar um copo de gasolina ter perfume de gasolina igual um carro é só isso que interessa pra eles homem só gosta de duas coisas carro e bola carro e bola carro e bola quer deixar homem gamadinho só isso ou botar um ovo ou enfiar gamadinho no nariz quero dezesseis quero agora as paredes pintadas de azul quero sentir que estou no céu perto de Deus sou um porco uma barata suja um carro bola eu sou um bebê sou R filha de Deus e não Luciana filha de Lúcifer que no escuro beijava escondido o guarda noturno.

Aqui está.
V., com um cacho de niágaras rosadas
na sacada sob a chuva

ainda sentindo saudade
do que não devia.
Está amparada por nenhum anjo
mas como qualquer outra
merece o resgate.

Que pintemos ao menos
uma parede de azul.

entre gaivotas

A verdade é que a vida, vista de perto
é uma repetição de ondas miúdas.
Uma linha de formigas carregando uma única folha
a dança das letras ao fabricar uma palavra
o voo esmerado das gaivotas.
Veja E., por exemplo
abrindo os olhos entre seis e sete horas da manhã
sempre a enxergar
coisa alguma.
Entre sete e oito o perfume do café
já despertou suas mucosas, foi pros tufinhos
de suas narinas: é hora de ganhar coragem
e ir tateando as fechaduras.
Passa por N. (ele está adormecido
sonhando com Joatinga),
cruza com S. (ele com certeza está com três chapéus
a trocar pela décima quinta vez só naquele dia
as pilhas AA de seu rádio-relógio),

a mão direita pelo corrimão de alumínio
produz agora um som de sssss
o que anuncia sua chegada ao primeiro andar
precisamente radiante
às oito e meia.
Ele ainda não acredita: não há toalha na meseta
sinal de que o café não chegou à garrafa,
é hora de se derreter em direção ao piso frio
abraçar as próprias pernas
pra pousar a testa entre os joelhos
enquanto espera.
É assim que ele espera pelo café da manhã,
é assim que ele espera pelo pastel na feira,
é assim que ele espera pelo sinal verde
nas calçadas do centro da cidade.
Igualmente, por volta das oito e quarenta e cinco,
sai disparado até o melhor lugar do sofá
o de frente pra televisão.

Veja, a vida é a repetição
do movimento das pestanas.
Os olhos de E. se arregalam
mas não significa que esteja mesmo

de verdade
enxergando muita coisa.
Ele está um tanto cego
um tanto abatido
mas nunca por uma hora inteira
descontente.
Entre nove em ponto e
nove e cinquenta e nove
brota um riso de suas bochechas.
Ele coça em paz sua cabecinha branca
aperta firme os próprios dedos
faz com a língua um som de sssss
pra se desgarrar das almofadas e se erguer
leve e valente
a abrir e fechar os braços
no ar.

É o Cristo Redentor no meio da sala!
É um exímio jogador de tênis cortando no alto uma bola
é um passarinho batendo asas e experimentando o vento
deixando pra trás o tempo que esteve
entre gaiolas.

E se foi esse o grande desvio?
O que causou sua captura
que culminou num cativeiro.
Nada disso faz sentido,
a vida vista de perto
é uma repetição de coisas
raras, quantas vezes a raça humana
já pensou estar voando
no sofá de sua casa
em cima de vassouras
pendurada em aviões.
Do céu, olhando de cima,
veja E., por exemplo.
Veja eu e veja você:
somos só um formigueiro
um emaranhado de pequenos pontos
não se forma uma só palavra
é isso o que somos
ondas miúdas
entre gaivotas.

cânforas

Isto é uma casa de verdade
com gente de verdade dentro
não é preciso
riscar as superfícies
com os excrementos físicos
do corpo,
não existe
como única solução
estraçalhar as cordas vocais
para suplicar tantas vezes
quanto forem necessárias
por um pouco de papel
ou um pouco de misericórdia.
Não, isto é uma casa de verdade
está proibida a entrada da palavra
eletro
convulso
terapia

mas está permitida
a entrada de remédios
comprovadamente muito melhores:
há almoços que se demoram a céu aberto
conversas fortuitas no cair da tarde
disputas universais pelo controle remoto
nove chaves. Há papel, há caneta
e há também para C.
um grande caderno 160 folhas em espiral de aço
comprado com o próprio dinheiro que ora o alcança
ora o guarda, ora o calcula com sua matemática perfeita.
E de cabeça.
Não se encontra um número sequer
nessas 160 folhas rabiscadas
só páginas e páginas de versos
e versos
de amor.
Amor e beleza
amor e os caules das azaleias no orvalho
amor, amor, amor e extraordinárias fitas de cetim
sobre a espessura dos cabelos negros
da moça morena.

É melhor aceitar, com um poema não se discute.
Escrever sobre amor pode ser um remédio
já sabemos que não cura
mas por um momento evita
que se acerte em cheio
trinta e sete vezes seguidas
a própria clavícula.

De modo algum se espera
que C. deixe de romper cadeiras
ao sentar desastrado. Isto é uma casa
cadeiras vêm, cadeiras vão.
Há desespero mas há muitas
saídas. Ele pode escutar, por exemplo
comuna deusa da Rosana
tocar em frente com Almir Sater
dar codinomes aos beija-flores de Cazuza.
Faz parte do show poder cantar
tanto e com tanto sentimento
que uma hora já não se sabe mais
se C. está feliz
se está triste
se está com medo de que a vida o apanhe

se já é tempo de ir se curvar
pra rezar em direção à Meca.
Isto é uma casa, todos os cânticos
todas as saídas
todas as cidades
são sagradas.

a acústica de uma madrepérola

A. se balança
na rede de sua varanda modesta
está vestida com um tecido
que imita o algodão.
Parece que sente calor
transpira pelas axilas.
Acaba de voltar do salão de beleza
a duas quadras da linha do trem
bem ao lado da biqueira.
O cabeleireiro custou a entender
o que ela queria, disse não saber
o que alguém como A.
fazia ali dentro de sua loja
alguém acanhada
que nem criança.
Que barbeiragem.
Sentimos um pouco de raiva
mas uma vez mais respiramos profundo

e tivemos a cortesia de aclarar
que basta chegar mais perto
para escutá-la.
Ela pediu um corte em v.
E passado o inconveniente
foi embora radiante
sacudindo a cabeleira negra.
C. aprovou, rimou cabelo com modelo.
E., V. e S. quando viram assobiaram fiu fiu
os três ao mesmo tempo.
Apesar de tudo
ela adora ir a salões de beleza
a volta é sempre emocionante
sente-se com suficiente encanto
pra adentrar uma confeitaria
sentir o aroma de um pão francês
comprar uns docinhos de festa.
Hoje se fez um dia de festa.
A. está na rede
segurando um camafeu mordido
fazendo humildes movimentos
com o maxilar.
Se mastiga ou se está a falar sozinha não se sabe

é preciso chegar mais perto
a todo momento um pouco
mais perto,
porque A. é como uma concha:
o mar está inteiro ali dentro
basta que se encoste
com delicadeza
os ouvidos.
Ela gosta de camafeu, de pão francês
de pasta americana.
Ela tem paixão por cetim, por corte em v
por seda javanesa que imita algodão
por chinelas vermelhas, por leite de rosas
e por assinar seu nome completo
fora da linha
em diagonal ascendente.
Sua casa antiga era imensa
ficava sobre uma montanha.
Do quintal rebentavam melissas
cuidava das pétalas até a queda
até ser cercada junto a C.
seu irmão de sangue
por arames farpados

e choques elétricos.
Esse tempo acabou.
Agora ela e ele moram junto de mais sete.
Ele é tudo que restou de sua família
o derradeiro farelo de areia
de sua rocha genealógica.
Às vezes dormem abraçados
às vezes se beijam na boca
às vezes ela o imita e praticam juntos o Salat
as cinco orações islâmicas
arqueando o assoalho pélvico
lançando palavras quase inaudíveis
às mesquitas. Quase.
Se superar os inconvenientes
se compreender a escassez de dentes
se prestar atenção nos versículos encontrará
no balanço desta madrepérola
uma concha acústica
o oceano completo
a música de uma mulher nada acanhada
que se inflama quando não é ouvida
que só compartilha com uma criança
o fato de mal saber escrever o próprio nome

mas ainda assim o escreve
e em diagonal ascendente
desafiando as linhas
das arrebentações.

sinta o canto da noite na boca do vento

S. parece distraído
seus lábios superior e inferior
não encostam quase nunca
um no outro.
Tem as mãos pressionando o pé de seu estômago
formando quatro dobrinhas
em sua camisa listrada verde & cinza
transparecendo a pele fina
até os quadris.
Parece esquecido S.
Pergunto onde está sua chave ele diz não sei
qual sua telenovela favorita de todos os tempos
incluindo as bíblicas
ele diz não sei
como passou a última noite do dia vinte
procurando Altair, a estrela guia que inaugura
o inverno austral ele diz sei não.
Pergunto se está pronto pros próximos explosivos

festivos do fim de junho e S. faz silêncio.
Mas quando pergunto
se ele tem vontade de sair
pela porta principal
pra passearmos por uma hora e meia
por qualquer lugar da cidade
ele finalmente diz sim.
S. está meio esquecido, leva em média
nove a dois a cinco segundos cheios
pra responder a maioria das perguntas
de sim e de não
exceto as que dizem respeito
a chacoalhar por aí seus sapatos.
Sobre isso jamais desaprendeu o sim
a despeito da cicatriz
já quase invisível entre as orelhas
que arrumou no estúpido século
em que eram cindidas as vias
que ligavam os lobos frontais
aos tálamos.

Seguimos pela calçada.
Ele leva as mãos ao cerebelo

parece ter dúvida, anda meio esquecido
no entanto continua
quieto, em câmera lenta
sem nenhuma impaciência
um pé
ante outro pé
e outro pé
como se chegasse ao infinito
como se estivesse descendo de Apollo 11
e finalmente tocando as rochas da Lua
testando os desníveis do solo
tomando consciência das vibrações
do espaço e de todo um universo: os telhados
e as novíssimas pinturas das casas IV e VII
a vastidão de uma rua sem cancela
o lado de fora da padaria
a padaria
o sonho de creme e goiaba e açúcar
que faz qualquer excursão valer a pena.

Há muito não caminhava por ruas amigas.
Quiseram-no sempre abandonado
fizeram com que fosse esquecido

incluído fora
do tempo e do espaço.
Não esteve a par do que se passou pelas américas
não sabia dos doze brancos norte-americanos
que de fato estiveram sobre a Lua
lamentavelmente só pra espetar uma bandeira.
Manoel Francisco, Diego Armando e Arthur Antunes
estão distantes faz tempo
das quatro linhas de uma cancha
há distintas equipes, distintos uniformes
distintas moedas de ouro e cobre
distintos presidentes.
Alguns foram escolhidos
sob os tablados fendidos de sindicatos
outros feriram até a morte os ossos de vidro
da democracia.
Mulheres agora podem resolver um pouco mais
os prumos que dão a seus corpos.
Ainda não chegamos à Lua
mas uma já chegou ao último degrau
do Palácio da Alvorada, foi uma alegria
e depois um desgosto
quando a vimos em praça pública

ser golpeada pelas costas.
Os mesmos caucasianos ao norte
ao voltarem à Terra
escolheram um representante negro.
Houve milagres.
E também a criação de novas armas atômicas
elas cabem nos bolsinhos de qualquer camisa verde & cinza
no interior dos telefones
que hoje não têm mais fio.

S. não faz ideia
de que se hoje ele caminha
esplêndido por estas veredas
como se flutuando sobre uma bola de prata
em busca de um sonho de ouro e goiaba
é porque antes houve o sonho de Nise
depois o sonho de Ivone, o sonho meu
e de tanta gente sonhadora
que segue firme numa expedição onírica
de abrir espaço a quem não tem
e fazer lembrar
quem se esqueceu.

aam

Cuidado, há que se ter muito cuidado.
Seu estado é o crítico
de uma bolha de sabão
desfaz sua membrana ao menor atrito
e ao desfazer-se
inteira se derrama
inundando tudo à sua volta.
Cuidado, ela está no solo de repique
de um carnaval no subúrbio
entre as pétalas de um mandacaru
entre os ferrões de uma abelha
é a chuva de papel picado
e a infinidade de pequenos espelhos
que despencam do topo de arranha-céus
no último dia do ano.
Ela é cada partícula de glitter
esvoaçando em fevereiro,
são antes de tudo as miragens aquáticas do verão

e por mais que se tente no fundo eu sei:
é impossível definir sua natureza
ela não é para profissionais
é apenas para amadores
isso é, para aqueles que amam
porque é preciso um pouquinho de amor
mas é preciso muito mais
muito mais
cuidado.
Em um momento A. pode estar aí
como na maioria dos dias, serena
arrastando as sandálias pelo carpete.
No momento seguinte o mel de suas retinas
se coagula sobre um único ponto.
Então começa a estalar os dedos
e fixa uma mão à cintura.
Desata a rir baixinho e depois alto.
Depois mais alto, mais alto, mais alto e:
pombagira! Ela anuncia que está grávida
ela te avisa que você a engravidou
ela te avisa que você está grávida
grávida sim, grávida
por todos esses minutos grávida

e por isso sai exata em sua direção
balançando uma faca
ou a armação acrílica de uma caneta
ou um arame de um pregador de roupas
um grampo, um copo plástico partido
qualquer matéria que seja prima do corte
ou da marca que um corte
pode deixar.
Não tenha medo.
Não é preciso ter medo
apenas tenha
cuidado.
A qualquer tempo
ela pode danificar tuas blusas
esfarrapar os próprios vestidos
tentar se esganar com um fio de nylon
implorar para que lhe chamem uma ambulância
trepar em seus cabelos justamente porque
você chamou uma ambulância
e quando escuta que as sirenas se aproximam
e chegam socorristas da cruz vermelha
como mágica tuas melenas
já nada importam.

Vai desatar o fio de nylon
deixar cair a faca
o grampo
o arame do pregador de roupas
o esqueleto acrílico da caneta
e desaparecer
com um sorriso.
Contudo, cuidado.
Agora, mais do que nunca
cuidado é tudo o que ela precisa
nesse instante delicado, o crítico
de uma borbulha de sabão.
É importante que ela possa ir
mas é igualmente importante
que num estalar de dedos
lhe seja permitido flutuar
furta-cor, cheia de glitter
pra bem longe das grandes muralhas
pra boa e velha nova casa
pro repique do carnaval do subúrbio
pro verão, pro fevereiro, pras pétalas de um mandacaru
pro topo dos arranha-céus
pro nylon e suas miçangas

e com os Amantes das Artes Marciais

ir inundar

tudo de novo.

seu lugar

não seria aqui senão outro
houve um tempo, eles diriam.
S. mal lembrava uma pessoa
e não porque parecesse um touro
ou pelo carmim gotejando dos ventres
às coxas de suas garotas imaginárias
que lhe chacoalham bandarilhas
mas porque nunca nenhum remédio
conseguiu por muito tempo
manter suas febres acesas
nas caldeiras de uma fábrica.
Isso é imperdoável. Seu lugar não seria aqui
entre partículas do calcário branco
pairando sobre salas de aula
senão outro, desvanecendo pouco a pouco
entre ervas daninhas.
Mas glorifiquemos de pé
a insurgência de querubins e suas manobras

os explosivos debaixo de suas túnicas
a mudar de lugar os tijolos
glorifiquemos seus trinta e quatro anos de peleja séria
que fizeram com que fosse possível
entregar a S. uma cidade inteira
um bairro, uma casa, um quarto
sua chave, que um dia girou na fechadura
pra me abrir suas portas.

Futebol não é esse sábado, é no outro.
É, houve um tempo eu lhe respondia.
Enquanto sincronizávamos seus 12 relógios
enquanto arrumávamos uma chapeleira
pra pendurar os incontáveis bonés
enquanto passávamos os crepúsculos
mergulhados em sua piscina de pilhas AA
a separar quais acionavam e quais não acionavam
as vozes de seu rádio
dando um pouco de pausa às estações
que persistiam sintonizadas
em sua cabeça.

Houve um tempo eu passava de segunda a sexta

tentando explicar de uma maneira simples
as instruções para o manuseio de um garfo
como andar em uma escada rolante
como se manter de pé
em uma fila de caixa eletrônico
o guia definitivo para atravessar
uma porta giratória.
S. prestava muita atenção
com as calças molhadas de ansiedade
e quando por fim chegava o sábado
logo cedo estava vestido: desodorante
camisa, bermuda, meias, chuteiras
bola,
rádio, pilhas, chapéus, relógios.
Não deixava nada para trás
não perdia de jeito nenhum a hora
de subir ofegante ao coletivo.
Tomava o 239 em direção ao futebol
se benzia no gramado encantado
cumprimentava os amigos
e se sentava na arquibancada
à beira, até o final da partida
à beira até o final.

Chegou um tempo.
Me lembro bem, uma madrugada de dezembro
um telefonema assombroso
anunciava o súbito fim
dessa história.

Houve um tempo, parecia impossível
ver S. sem um resquício de vida.
No entanto ali estava, transverso no colchão
sem febre.
Só o seu rádio seguia tocando.
Ele volta, repetia V., todos voltam
como voltou Michael Jack
como voltou James Brown.
S. jamais voltou.
Seu lugar não era mais aqui
senão outro.

não temos tempo a perder

E por fim, chegamos.
Aos pés do pavilhão
ao princípio da travessia
o ponto onde o rock nos espera.
Eu gosto daquela do Renato Russo
falou N., a que diz somos tão jovens
não temos tempo a perder.
Não temos.
Não há mais tempo,
não há mais tempo, ele foi perdido
aterrado aos grilhões de ferro.
No entanto para N. termina aqui
sua caminhada em círculos pelo pátio.
Ele cruza em definitivo a capela São Pedro
o átrio que já foi nobre agora está em ruínas
as estátuas de louça descascam foscas até a saída
desse opaco pavilhão tão sério e selvagem.
Selvagem!

Selvagem!

Mas veja o sol nessa manhã nada cinza.
Veja N. com sua única maleta
cantando Renato Russo
veja a sacola plástica com seus pertences
as bagagens duras que traz na memória.
Na carpeta com seus documentos
a fotografia 3X4, um registro de identidade
e o desenho que se formou
a partir das elevações da pele
de seu polegar direito
(as minhas lágrimas
eu prefiro que não veja
ainda que sejam
de alegria).

Veja como refletem seus óculos
pelo retrovisor de um automóvel.
Este sim é um grande dia
não há tempestades à vista
é dia de dar o fora
partir pra outra direção
até onde o rock nos alcança, quem sabe

em direção

a um futuro.

Há oito pessoas que o esperam pro almoço

há — eu tenho certeza

uma legião de gente

esperando-o pra um abraço

de boas-vindas

de vamos em frente

sempre em frente, até que

por fim

chegamos

já distantes do pavilhão, à nova porta

com as chaves de S., o morador que se foi.

Com elas se poderá fechar

mas também se poderá abrir

abrir, abrir, abrir

pra promessas que agora vivem

nos pés e nas asas

de todas as casas.

■ primeira edição
■ junho de 2022